VILLE DE FOIX

QUESTION DES EAUX

PAR M. CANARD

Agent-Voyer d'arrondissement en retraite.

Foix, imp. BARTHE

1882

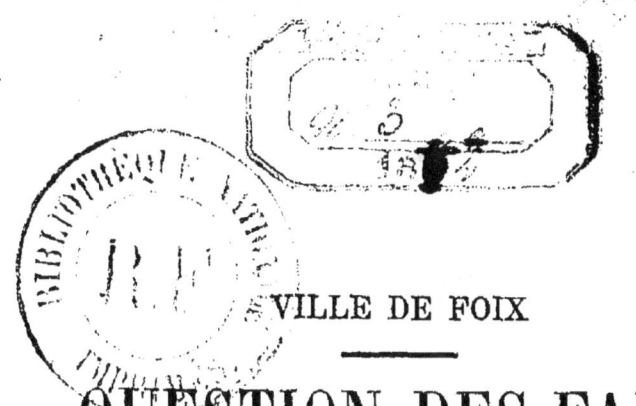

VILLE DE FOIX

QUESTION DES EAUX

EXAMEN RÉTROSPECTIF
Renseignements authentiques. — Discussions
et réfléxions morales

PAR M. CANARD
Agent-Voyer d'arrondissement en retraiie.

EXPOSÉ DE L'AFFAIRE

La population fuxéenne se préoccupe à bon
droit de la diminution rapide de l'eau potable
fournie par ses fontaines. Le fait est triste,
mais certain.

Dans l'été de 1862, un jaugeage des dites
fontaines, opéré à titre de renseignement, pour
un projet d'alimentation d'une autre localité,
me donna un débit total de 210 litre par
minute. C'est à peine si le débit actuel atteint
la moitié de ce chiffre, et cet état de choses
semble devoir s'aggraver encore !

Un concours ouvert le 20 septembre 1878,
amena la production de plusieurs projets par

trois concurrents. Une commission spéciale fut régulièrement nommée en vertu de l'affiche. Elle examina minutieusement le travail des prétendants, et avant de se prononcer, elle indiqua des mesures de prudence à prendre au sujet d'un des systèmes étudiés, qui semblait devoir être préféré aux autres.

L'affaire en est restée là, jusqu'en l'an de grâce 1881. Une conférence du docteur Garrigou, m'a d'abord couronné de fleurs. On disait aussi que la Commission régulière du concours avait fait grand cas de mes *sept projets;* mais il a surgi une nouvelle Commission plus crâne, celle-là, que les autres, (nous ferons connaissance avec elle) qui m'a donné le coup de Massue d'Alcidès.

Heu! Sic igitur transit Gloria mundi!

Dans le mois de novembre dernier, en me transmettant la décision municipale prise le 22 octobre, M. le Maire de Foix me demanda si je voulais abandonner à la commune la propriété de mes projets, parce que, tout en ayant primé un autre concurrent, on voudrait bien au besoin ne pas suivre son travail, et exécuter le mien par voie de VIREMENT, voie de bénédiction tout exprès inventée pour ceux qui ne veulent pas suivre franchement la marche des affaires.

Je répondis à M. le Maire ce qui va suivre :

Foix, le 18 novembre 1881.

Monsieur le Maire,

J'ai reçu, avec votre lettre du 15 de ce mois, la délibération du conseil municipal du 22 octobre, relative au *concours* ouvert pour *projets comparatifs* d'approvisionnement d'eau dans la ville de Foix.

Vous me demandez si mon intention est d'abandonner à la commune la propriété de mes projets, et je vais tâcher de vous répondre.

Le but principal de l'affiche du concours est l'étude de *projets-comparatifs* d'approvisionnement d'eaux potables et ménagères.

Si parmi toutes possibilités pratiques d'approvisionnement existantdans les environs, la commune peut aujourd'hui prendre le parti le plus avantageux, ce n'est pas au moyen du projet *Gadrat*, qui élevait les eaux de l'Ariège sur un point où elles sont chargées de toutes les immondices de la ville ; ce n'est pas non plus par le projet *Delmas*, élevant les eaux bi-*carbonatées* des *nappes suballuviennes* de Bouchères. C'est plûtôt par mes trois projets élévatoires de l'*Ariège* sur trois points de la *rive gauche*, par mon système élévatoire de l'*Arget* à *l'usine Gadal*, par ma dérivation par pente naturelle de l'eau du Sios, par l'a_ménagement des eaux de Sibian et par une

étude consciencieuse des caractères de potabi-
lité des eaux, de leur clarification et de leurs
qualités ou leur défauts, dans notre quartier.

A ce titre, il me semblerait équitable de
m'accorder une indemnité pour les projets
susmentionnés. Quel en sera le chiffre?

Les architectes ont droit à 1 1[2 0[0 de la
dépense, pour les travaux qui ne s'exécutent
pas dans leurs projets. En ne comptant qu'un
seul système élévatoire de l'Ariège, les projets ci-dessus, s'élèveraient à environ 410,000
francs. Le droit de l'architecte sur ces travaux
non exécutés atteindrait le chiffre considéra-
ble de 6,150 francs.

C'est au conseil municipal à examiner dans
quelle proportion, pièces en main, on croit
devoir en déduire le montant pratique.

Quant au projet de *Sainte-Hélène*, Monsieur le Maire, celui là je ne peux pas m'en
dessaisir, et le conseil municipal aura quelque
jour à me remercier de la *résolution* que j'ai
prise, ou defaire *annuler le rapport de la
commission*, ou de vous *forcer à exécuter
strictement* le projet que vous avez choisi.

La *majorité du conseil* est pour moi complètement *hors de cause*. Elle a agi avec la
plus sincère bonne foi; *elle a cru la question
élucidée;* mais les *lampions* dont elle a fait
usage n'ont fourni que des lueurs indécises et
multicolores, qui ont donné au tableau un as-

pect *gris-verdâtre*, et le *Phare*, qui seul aurait pu projeter de la *lumière blanche*, avait son foyer tourné d'un autre côté.

Toutes réserves faites au sujet de la majorité du conseil et de la partie de la commission étrangère à ce qui, dans cette dernière assemblée, est censé représenter la *science*, comme j'ai toujours eu une horreur invincible des manœuvres ténébreuses, je dois à ma loyauté de vous dire ici ce que j'ai fait, et ce que je vais faire.

J'ai déjà envoyé à M. le préfet ma protestation motivée. J'ai pleine confiance dans l'impartialité de ce magistrat.

Je vais adresser à M. le ministre *des travaux publics*, et je vais lui faire recommander spécialement :

1° Une copie textuelle du Rapport de la *Commission légitime du concours,* en date du 20 février 1879 ;

2° Une copie textuelle de la délibération du 17 mars 1879 ;

3° Copie textuelle du rapport de la *Commission Garrigou* ;

4° Copie de la lettre que je vous ai adressée le 19 avril 1881, et dont vous avez remis copie à la commission Garrigou, d'après votre réponse du 23 du même mois ;

5° Copie de votre délibération du 18 juin dernier, nommant une nouvelle commission, sous prétexte que la *Commission du Concours* seule compétente, d'après moi, *n'avait pas statué* ;

6° Copie de ma protestation de 31 août, qui restée sans réponse a provoqué l'acte extra-judiciaire qui vous a été notifié à la date du 14 septembre ;

7° Copie de mes observations datées de Quillan le 15 septembre ;

8° Copie textuelle de la délibération du 22 octobre dernier, contenant *in-extenso* le Rapport de la Commission du 18 juin ;

9° Copie de la protestation que j'ai adressée à M. le Préfet ;

10° Mes réflexions personnelles, franchechement exprimées, sur la moralité de la question.

Voilà, monsieur le Maire, le véritable état actuel de cette affaire. Le Conseil municipal, en la majorité duquel j'ai une confiance illimitée, reconnaîtra, sans nul doute, ma loyauté et ma franchise. Dans le dissident qui n'est pas foncièrement de son fait, il me trouvera toujours combattant à *armes loyales.*

Tout cela établi, et considérant que la Commission du 18 juin n'a pas jugé à propos d'examiner à fond les avis, que j'ai la prétention de croire *très sages*, contenus dans mes lettres des 19 avril, 31 août et 15 septembre, je tiens à résumer ici de nouveau ces avis, que je vous prie de vouloir bien soumettre à l'appréciation du Conseil municipal. Cette assemblée, en dehors des membres de la Commission représentant la *science spéciale*, ou censés la représenter, possède dans son sein des hommes capables à tous égards de saisir la justesse de ce que je vais dire. C'est à ceux-là peut-être qu'il eût mieux valu demander le secours de leurs lumières , si tant il fallait réformer la Commission légitime du Concours, qui n'avait pourtant pas démérité, puisque vous avez dû recourir au résultat de son initiative pour, pouvoir dépenser dans la grotte les 700 francs que vous y avez dépensés dernièrement. Et pourquoi ?

POUR FAIRE UN SIMPLE JAUGEAGE

Mais revenons à la question de fond ; je tâcherai d'être aussi sommaire que possible.

RÉSERVOIR DU FOND DE LA GROTTE

Après avoir décrit la canalisation de M. Delmas, votre Commission, dans un mouvement d'enthousiasme inspiré par la gravité de la question, s'exclame :

« Ainsi que le dit M. Delmas, dans son mé-
« moire à l'appui du projet, un réservoir est
« le *complément indispensable* de toute dis-
« tribution d'eau bien organisée. »

La COMMISSION LÉGITIME du Concours, dans son rapport du 20 février 1879, résultat de deux séances précédentes de cinq heures chacune, disait, en parlant des avantages de l'eau de source :

« Elle n'a pas besoin de *grands réservoius,* « si son débit est constant et s'il suffit aux « besoins de la population. »

A peine deux ans d'intervalle, et des avis aussi diamétralement opposés !

O instabilitas hujus mundi rerum !

Je trouve, quant à moi, monsieur le Maire, que cela aurait dû faire réfléchir votre Commission.

NATURE DES TUYAUX

M. Delmas emploie les tuyaux de la Porte de France, en béton de ciment ; il justifie ce choix, principalement parce que les tuyaux de fonte s'oxydent, et qu'il s'y forme des rognons qui obstruent la section libre de la canalisation.

De mon côté, j'emploie les tuyaux de fonte, sans m'occuper de la question d'oxydation.

Entre ces deux systêmes contraires, votre Commission aurait dû chercher à trouver *scientifiquement* la vérité, applicable au cas actuel. Qu'est-ce qu'elle a fait ? Elle vous a dit :

« Nous ne savons pas au juste si l'on peut « avoir confiance aux tuyaux de béton de ci- « ment : mais attendez : Prenez d'abord le

« projet de M. Delmas ; ensuite, quand nous
« aurons demandé des renseignements à la
« *Porte de France*, ou aux *architectes* qui
« viennent d'en employer les produits, nous
« vous dirons ce que vous avez à faire à ce
« sujet. »

En attendant ces renseignements, Monsieur
le Maire, je crois devoir remplir dans l'esprit
du Conseil municipal la lacune si étrangement
laissée par la Commission.

1° Les tuyaux de fonte *s'oxydent* ou *ne
s'oxydent pas*, selon la nature des eaux qu'ils
conduisent.

2° Les tuyaux de fonte *ne s'oxyderont pas*
avec l'eau de Sainte-Hélène, parce que cette
eau ne contient qu'en quantité incommensu-
rablement insuffisante les matières salines
propres à l'oxydation de la fonte et à la formation des tubercules ferrugineux. En effet,
l'eau de Sainte-Hélène ne contient *par litre*,
en fait de matières pouvant occasionner les
courants *électro-chimiques, cause efficiente de
la tuberculisation*, que les suivantes :

Chlorure de sodium   0 gr.,0073
Iodure de sodium   Traces.

La commune peut donc être bien tranquille
à propos de l'oxydation, et il eût été bien facile
d'éliminer des débats le doute qui peut entrer
dans certains esprits à ce sujet.

BASSIN FILTRANT

La Commission dit, en parlant du projet de M. Delmas :

« Il ne comprend pas, il est vrai, *d'appa-* « *reil filtrant* ; mais un tel appareil peut, *en* « *quelque sorte*, être remplacé par le bassin à « établir dans la grotte. »

Dans une question aussi sérieuse que celle-là, cet *en quelque sorte* me semble admirable... Ce n'est pas avec des *en quelque sorte* que l'on fait fonctionner des appareils de physique, et une *canalisatiou* en est un passablement compliqué.

L'eau de Sainte-Hélène se *blanchit* quelquefois pendaut plusieurs jours, c'est incontestable.

La couleur *blanc-jaunâtre* lui est communiquée par du sable excessivement ténu, arraché du grés du *trias*, par les mouvements désordonnés du ruisseau souterrain, à l'époque des crues.

Le sable n'est pas seul entraîné du sol gréseux ; mais aussi le ciment qui, des parcelles primitives de *quartz micacé* avait, en les agglutinant, fait une roche.

Sable et ciment seront déposés par l'eau dans les *points bas* de la conduite, malgré votre Commission et le réservoir de M. Delmas, et y reformeront une *roche de grés*, avec une petite modification dans le *ciment agglutina-tif*, qui, de *siliceux* qu'il était, sera devenu silico-dolomitique, par suite des suintements magnésiens venant, précisément pendant les crues, des couches supérieures *disloquées*.

La manœuvre des robinets de décharge n'entraînera, des dépots ainsi formés, que les parties avoisinant ces appareils, et il se formera, de chaque côté des *points bas*, surtout du côté de Foix, des bonrrelets de grés, qui ne feront que s'accroître, et diminuer d'autant la section libre des tuyaux.

Le bassin filtrant est donc indispensable.

DISTRIBUTION EN VILLE

La Commission continue : « En résumé, « le projet de M. Canard, ne comprenant pas « les dispositions de la *canalisation en ville* « QUI CONSTITUE LA PARTIE IMPORTANTE DE « L'ŒUVRE, ne saurait être accueilli. »

Voilà la *Montagne*, monsieur le Maire, et voici la *Souris* : « La distribution de M. Del-« mas étant, après tout, essentiellement ap-« proximative, il va sans dire que la munici-« palité pourra apporter à ce travail *toutes les* « *modifications* qu'elle jugera utiles. »

Je m'abstiens de toute réflexion et je termine en mettant sous vos yeux, Monsieur le Maire, un passage du rapport de la Commission, qui intéresssra le Conseil municipal :

« M. Canard trouve tout naturel de raccor-
« der la canalisation à faire en ville avec
« la canalisation existante, ne voyant
« ainsi aucun inconvénient à *mêler les eaux*
« *de la source Oisel* avec celles des *fontaines*
« *actuelles* ; mais pour étudier ce raccorde-
« ment, il y aurait lieu, au préalable, d'étu-
« dier l'état de conservation des diverses
« parties de la canalisation actuelle. »

Elle est *malicieuse*, votre Commission,
monsieur le Maire, et ici j'aurais presque le
droit de me fâcher tout rouge ; mais il vaut
mieux prendre un peu de patience, et termi-
ner cette lettre, déjà trop longue.

En quoi le *raccordement*, la *combinaison*
des nouveaux tuyaux avec les anciens impli-
quent-ils l'idée de *mêler les deux eaux* ?

J'ai dit et je répète que pour opérer sage-
ment la distribution en ville, il faut procéder,
de concert avec la municipalité, à une recon-
naissance des tuyaux actuels, au point de vue
de leurs diamètres, de leur nature et de leur
état de conservation. J'ai dit que tout cela
ne constitue pas *la matière du Concours*,
et en effet, voici un exemple :

La fontaine de la place Saint-Volusien
coule piètrement *avec un débit de quelques
litres*, quantité insignifiante, pour les trois
orifices qu'elle contient.

Pour opérer mon raccordement, j'examinerais d'abord par quelques sondages l'état du *branchement* qui alimente cette fontaine. Si ce *branchement* me paraissait susceptible d'un service satisfaisant, ou j'attribuerais à la fontaine en question une quantité convenable de l'eau actuelle, ou bien, selon ce qui serait convenu avec la municipalité, J'INTERCEPTE-RAIS *à son origine* le branchement en question et je desservirais la fontaine de la place avec *l'eau de Sainte-Hélène*.

Pensez-vous, monsieur le Maire, que ce système appliqué à toute la distribution, n'amènerait pas une économie notable? Je dis, moi, que tout autre système n'est que du pur charlatanisme.

Je termine, monsieur le Maire, par une observation sur le réservoir du fond de la grotte.

J'ai dit que l'exécution de ce réservoir amènerait des désordres, et probablement la mort de quelques ouvriers.

J'ai calculé approximativement le cube MINIMUM des éboulements qui seront provoqués par ce travail; il est de 1284 mètres, et au lieu de 17,000 francs, la commune aurait à payer 46,000 francs. Mais sur qui retombera la responsabilité des malheurs qui surviendront, et qui ne pourront se réparer avec de l'argent? Ce n'est pas sur le Conseil municipal, parce qu'il n'a péché que par excès de confiance. Ce sera évidemment sur la partie scientifique de votre Commission. Mes lettres des 29 avril, 31 août et 15 septembre dernier vous ont signalé le danger. La Commission a-t-elle pris la peine de vérifier mes assertions ? Cependant, la grotte est aujourd'hui accessible, à quoi a donc servi la dépense que vous y avez faite ?

J'ai donné ci-dessus le cube approximatif *minimum* des éboulements qui résulteraient de l'exécution du *réservoir* du fond de la grotte. Je ne saurais assigner le cube *maximum*, parceque je n'ai pu, ou que peut-être je n'ai point osé m'introduire assez loin dans les *fissures*. Mais, considérant la question à un autre point de vue, si *à force d'argent* et *au prix de quelques victimes*, vous parvenez à faire le bassin en question, de quoi vous servira-t-il *dans les circonstances possibles* où un bloc du flanc du Saint-Sauveur tombera sur la canalisation extérieure et brisera quelques tuyaux ?

Je m'arrête, Monsieur le Maire, et je vous prie de soumettre au Conseil municipal les observations ci-dessus, qui me sont inspirées par l'intérêt réel de la ville, plus encore que par mon intérêt matériel de concurrent.

Veuillez agréer, etc.

N. B. — Silence de plus d'un mois sur cette lettre !

Pour édifier le public sur *l'origine* de la *commission du 18 juin 1881*, et pour apprécier sainement la *marche* et la *moralité* des travaux de cette assemblée, il importe d'abord de faire connaître les documents fondamentaux de l'affaire.

Le 20 septembre 1878, une affiche en placard ouvrait un *concours public* pour l'étude et la rédaction de PROJETS COMPARATIFS d'approvisionnement d'eaux potables et ménagères dans la ville de Foix.

La clôture du concours, pour la remise des projets par les concurrents, était fixée au 20 janvier 1879.

L'art. 3 de l'affiche était ainsi conçu :

« Il sera institué une Commission composée « du Maire et de ses adjoints, de trois mem- « bres désignés par le conseil municipal, de « l'Ingénieur en chef des ponts-et-chaussées, « de l'Ingénieur ordinaire du service hydrau- « lique et de l'architecte de la ville, s'il n'est « pas au nombre des concurrents.

« Cette commission spéciale aura pour mis- « sion de classer par ordre de mérite les « projets présentés, et de donner son avis « motivé sur chacun d'eux. »

En exécution de l'article ci-dessus, et à la date, du 30 janvier 1879, le conseil municipal compléta la commission du concours, en nommant *les trois membres laissés à son choix.*

Dans cette désignation, l'assemblée, mue par un sentiment de délicatesse, de haute convenance et de loyauté, ne crut pas devoir prendre dans son sein les trois membres complémentaires. C'était bien en effet, le moyen de sauvegarder l'indépendance de tous les membres du conseil et la sincérité des délibérations subséquentes.

Les trois membres choisis furent :

M. Ferdinand Mercadier, bibliothécaire à Foix.

M. Scarguel, géomètre à Foix.

M. l'ingénieur des mines de Videssos.

La commission du concours ainsi complétée, se réunit le 9 février 1879, et examina :

1° Un projet de M. Gadrat, élevant les eaux de l'Ariège, au moyen d'un système se rattachant au *Bélier hydraulique*, au quartier du Mouli Despaillat ;

2° Deux projets présentés par M. Delmas, architecte-ingénieur, à Agen, savoir :

Un projet de dérivation par pente naturelle du ruisseau souterrain qui traverse la grotte dite de Sainte-Hélène, à 450 mètres environ dans le flanc de la montagne du Saint-Sauveur.

Un autre projet, élevant par machines et conduisant en ville les eaux des nappes suballuviennes existant dans le domaine de Bouchères.

Une autre séance, le 16 février 1879, fut consacrée à l'examen de sept projets présentés par M. Canard, savoir :

1° Projet de dérivation, par pente naturelle et de filtrage, des eaux de Saint-Hélène sus-indiquées ;

2° Dérivation par pente naturelle et filtrage des eaux du Sios ;

3° Captation et conduite des eaux du quartier de Sibian ;

4° Système élévatoire et filtration des eaux de l'Arget, sous la place de même nom ;

5° Triple projet d'élevation par machines et de filtration des eaux de l'Ariège, sur la rive gauche, 1° aux usines Cassé ; 2° au quartier de l'Ayroule ; 3° au promontoire de Ferrières.

Le résultat de tout ce travail de la Commission du concours fut consigné dans un rapport circonstancié en date du 20 février 1879, et dont voici le texte :

RAPPORT DE LA COMMISSION LÉGITIME du concours, à la suite de ses deux séances des 9 et 16 février 1879.

—

« La Commission nommée par le Conseil
« municipal, à l'effet d'émettre son avis sur
« les divers projets présentés au Concours

« pour alimenter d'eau la ville de Foix, s'est
« réunie dans une des salles de la Mairie, les
« dimanches 9 et 16 février 1879. Elle a pris
« connaissance des divers projets qui lui ont
« été soumis et lu très attentivement, les
« mémoires explicatifs qui les accompagnaient.
« Ces projets, au nombre de cinq, se divisent
« en deux groupes; le premier comprend deux
« études ayant pour but d'amener dans la
« ville, *par sa pente naturelle*, l'eau de la
« source de Sainte-Hélène. Le second com-
« prend trois projets qui élèvent l'eau de
« l'Ariège et la répandent ensuite dans la
« cité.

« D'après ces divers projets, *la distribution
« dans les rues, après que l'eau a été amenée
« DANS UN RÉSERVOIR*, ne diffère guère que
« par les détails qui feront plus tard l'objet
« d'un sérieux examen, et la Commission s'est
« bornée tout d'abord à discuter quel était le
« système qui devait obtenir la préférence, ou
« bien de celui qui amène l'eau *par sa pente
« naturelle*, ou bien de celui qui la prend
« dans la rivère et *l'élève au moyen de ma-
« chines*.

AVANTAGES DE L'EAU DE SOURCE.

« L'EAU DE SOURCE, lorsque sa hauteur
« permet une distribution facile, *réunit plu-
« sieurs avantages :* ELLE N'A PAS BESOIN DE

« GRANDS RÉSERVOIRS, SI SON DÉBIT EST
« CONSTANT ET S'IL SUFFIT AUX BESOINS DE LA
« POPULATION ; elle est conduite naturelle-
« ment dans des canaux ou des tuyaux qui
« n'exigent ni de grandes dépenses d'entre-
« tien, ni des réparations fréquentes et diffi-
« ciles ; elle coûte bien moins cher que l'eau
« élevée ; elle est ordinairement claire, et si
« dans quelques circonstances sa pureté sem-
« ble altérée, LE FILTRAGE EN EST SIMPLE ET
« PEU COUTEUX ; enfin, elle ne contient en
« dissolution qu'une très faible quantité de
« *matières organiques.*

INCONVÉNIENTS DE L'EAU DE RIVIÈRE

« Au contraire, on ne peut élever l'eau
« d'une rivière ou d'un ruisseau *qu'au moyen*
« *de machines ;* pour les faire fonctionner, il
« faut avoir une chûte, c'est-à dire construire
« *un barrage.* Cette précaution est absolument
« nécessaire pour assurer la régularité de la
« marche des moteurs. De plus, il faut cons-
« truire un réservoir assez grand pour suffire
« à l'alimentation pendant plusieurs jours,
« lorsque la rivière est en *crue,* ou que les
« eaux sont tellement bourbeuses qu'il serait
« imprudent ou trop coûteux de les faire pas-
« ser sur les *filtres,* ou bien encore lorsqu'il
« y aura des réparations a faire aux machines ;

« l'entretien du barrage et des pompes exige
« une dépense assez forte, qui augmente
« dans une assez grande proportion les frais
« de premier établissement, et puis, il laisse
« toujours exister cette crainte qu'une crue
« peut emporter tout le *système hydrauli-*
« *que.*

« L'eau de rivière n'a jamais la pureté de
« l'eau de source et les filtres doivent fonction-
« ner constamment. Enfin, l'eau élevée coûte
« près de deux fois plus.

CONCLUSION EN FAVEUR DE LA SOURCE DE SAINTE-HÉLÈNE.

« Les rapprochements de ces diverses con-
« sidérations a fait penser à la Commission
« qu'à tous les points de vue, il était préfé-
« rable d'amener dans la ville l'eau de
« *Sainte-Hélène* SI SON DÉBIT EST SUFFISANT,
« si les ANALYSES qui en seront faites dans
« des circonstances différentes, c'est-à-dire
« QUAND L'EAU DEVIENDRA BLANCHATRE, CON-
« FIRMENT les appréciations qu'en a données
« M. FILHOL. »

« Mais pour savoir si cette source est capa-
« ble de fournir aux besoins des habitants,
« *un ou deux jaugeages* faits par les auteurs
« des projets *ne sauraient suffire ;* il convient
« dès lors de se livrer à des expériences nom-
« breuses, sur son régime, dans les diverses

« saisons ne l'année, et principalement pen-
« dant les mois *d'octobre et de novembre*. On
« ne peut, en effet, s'engager dans une dé-
« pense aussi importante pour une petite ville,
« avant de s'être bien assuré que les dépenses,
« une fois faites, on n'éprouvera pas de mé-
« compte. »

« EN CONSÉQUENCE, LA COMMISSION, AVANT
« DE SE PRONONCER, DEMANDE : »

« 1º Qu'aux frais de la ville, il soit fait à la
« source de Sainte-Hélène des jaugeages fré-
« quents, principalement pendant les mois
« d'octobre et de novembre ; »

« 2º Que durant ces expériances on fasse
« procéder à de nouvelles analyses de l'eau,
« dans les diverseses circonstances DE LIM-
« PIDITÉ QUI PEUVENT SE PRÉSENTER.

A Foix, le 20 février 1879. »

Les membres de la Commission; signés.

Voilà un ropport qui ne marchande pas à
la ville les conseils RÉELLEMENT, PRATIQUE-
MENT UTILES :

L'eau de source est préférable, PARCE
QU'ELLE N'A PAS BESOIN DE GRANDS RÉSER-
VOIRS, si son débit est *suffisant*.

Assurez-vous donc du débit réel de la source
de Saint-Hélène, [par de nombreux jaugeages.

Faites faire de nouvelles analyses, PRINCI-
PALEMENT QUAND L'EAU EST BLANCHATRE.

Tout cela est marqué au coin de la prudence, de la sagesse, de la sollicitude pour les intérêts réels de la Cité.

Mais le rapport ci-dessus se recommande suffisamment par lui-même. Donnons tout de suite une pièce curieuse :

CONSEIL MUNICIPAL DE FOIX
SÉANCE DU 18 JUIN 1881

« M. le Maire expose qu'en exécution de
« la délibération du Conseil, en date du 24
« août 1868, un concours de PROJETS d'ali-
« mentation d'eau pour la ville de Foix a eu
« lieu à suite de l'affiche qui en indiquait
« l'ouverture et la clôture ; que plusieurs pro-
« jets furent présentés par M. Delmas, Ingé-
« nieur à Agen, Canard, agent-voyer d'arron-
« dissement et Gadrat, directeur du gaz, à
« Foix ; que de plus, ladite affiche indiquait,
« au § 3, qu'une Commission composée de M.
« le Maire, de ses adjoints, de trois membres
« désignés par le conseil municipal, de l'In-
« génieur en chef des ponts-et-chaussées, de
« l'Ingénieur ordinaire du service hydrauli-
« que, de l'architecte de la ville, s'il n'est pas
« au nombre des concurrents. »

« Que par délibération en date du 30 jan-
« vier 1879, et en conformité du § 3 de ladite
« affiche ont été désignés comme mem-

« bres de ladite Commission : MM. Ferdinand
« Mercadier, Bibliothécaire, à Foix, Scarguel,
« géomètre, à Foix et M. l'Ingénieur des
« mines, demeurant à Vicdessos ; »

« Que *ladite Commission* N'AYANT PAS
« STATUÉ, il y a lieu de la constituer de nou-
« veau ; »

« En conséquence, M. le Maire invite le
« Conseil à désigner les trois membres qui
« sont laissés à son choix. »

Le conseil, à l'unanimité, désigne pour faire
partie de ladite Commission, MM. BABY,
SOLÈRES et DURANDEAU.

Voilà le tour joué ; on peut tirer le rideau...
« La Commission *Scarguel* N'AYANT PAS STA-
« TUÉ,... il y a lieu de la CONSTITUER de nou-
« veau. »

Cette *proposition*, si petite qu'elle puisse
paraître, donne à réfléchir sur plusieurs
points :

PREMIER POINT.

La Commission SCARGUEL n'ayant pas
STATUÉ ? Et qu'est-ce qu'elle a donc fait, en
en attendant que la commune remplisse les
indications si claires, si catégoriques, si sages,
contenues dans son rapport du 20 février
1879 ?

Si ces indications ont été suivies, rien de
plus facile que de *convoquer* ladite Commis-

sion, et de lui dire, à peu près comme aurait fait M. Deramond :

« Messieurs, voici l'affaire :

« Vous avez demandé des jaugeages nom-
« breux de la source de Sainte-Hélène, nous
« en avons fait, Dieu merci, de manière à
« n'avoir plus d'incertitude sur le régime de
« cette source, ou plutôt de ce ruisseau sou-
« terrain. En voilà les résultats numériques ;
« ils varient entre 526 litres *d'étiage* par mi-
« nute, et plus de 3,000 litres, à l'époque des
« eaux les plus hautes. C'est encore un joli
« débit. »

« Vous avez demandé des analyses, prin-
« cipalement *quand l'eau devient* BLANCHA-
« TRE ; nous avons profité de *toutes les gran-*
« *des crues* pour faire faire ces analyses ; les
« voici : Elles constatent qu'à la suite des
« *pluies abondantes,* indépendamment des
« matières indiquées jadis par M. Filhol, le
« ruisseau dont il s'agit entraîne pas mal d'un
« tout petit sable de *quartz micacé* de cou-
« leur *blanc*-jaunâtre, et de plus une autre
« drogue que *M. Garrigou* appelle *dolomiti-*
« *que* et qui doit venir sans doute des champs
« de *Lizonne* et du *Couleil.* Tout cela, Mes-
« sieurs, pourrait fort bien nous jouer un mau-
« vais tour ; nous ne sommes pas riches, et
« quel malheur si les tuyaux venaient à
« s'obstruer... ! Voyez les *Cabannes,* où l'on

« a refait les fontaines deux fois. Voyez *Si-*
« *guer*, où l'on vient de changer pour la troi-
« sième fois la canalisation, depuis quinze
« ans ; et encore !...

« Au moins, Messieurs, ne manquez pas
« d'examiner si les *concurrents* ont prévu le
« cas *d'obstruction des tuyaux* et si les me-
« sures qu'ils ont prises à ce sujet sont effi-
« caces. »

« N'oubliez pas non plus, Messieurs, que
« depuis votre dernière réunion, on nous a
« signalé de graves difficultés pour l'exécu-
« tion d'un grand bassin projeté au fond de
« la grotte par l'un des concurrents. On parle
« même de *dangers sérieux* pour les ouvriers
« qui tenteraient ce travail ; les accidents
« de ce genre sont malheureusement trop
« fréquents ; n'en grossissons pas la liste, déjà
« bien lamentable.

« Comme vous vous proposiez d'aller faire
« *dans la grotte même* l'adaptation des plans
« de ces Messieurs, et c'est en effet le meil-
« leur moyen d'en apprécier le mérite relatif,
« nous avons fait approprier le passage sou-
« terrain, au moyen d'un crédit ouvert le
« 17 mars 1879, en vertu de votre rapport. »

« Quand vous aurez bien examiné toutes
« ces choses, vous nous direz ce que vous en
« pensez. »

Voilà ce qu'aurait dit probablement M. Deramond, non pas à une Commission *toute neuve* inventée pour les besoins de *certaine cause*, mais à la *Commission* SCARGUEL, seule régulièrement compétente.

DEUXIÈME POINT.

La Commission SCARGUEL n'a pas STATUÉ ? Mais alors vous avez commis volontairement UN DÉTOURNEMENT DE FONDS, car vous avez dépensé dernièrement pour rendre la grotte accessible, environ 700 francs. Où aviez-vous le crédit?

C'est que la Commission SCARGUEL a STATUÉ. C'est que le travail de cette Commission est textuellement copié dans votre grand livre des délibérations, à la séance du 17 mars 1879 ; c'est qu'à la suite de cette copie on lit ce qui suit :

« LE CONSEIL :

« Sur le rapport de la Commission, dont il « vient d'être donné lecture ;

« Considérant qu'il ne s'agit plus que de « savoir si les eaux de la fontaine dite de « *Sainte-Hélène* sont de bonne qualité et « peuvent fournir la quantité voulue ;

« Considérant qu'une somme de *mille francs* « parait nécessaire pour procéder avec mé- « thode et prudence aux constatations ci- « dessus énoncées ;

. . . .

« VOTE une somme de *mille francs*, qui
« sera affectée aux frais D'ANALYSE ET DE JAU-
« GEAGE de la source de Sainte-Hélène,
« comme aussi aux travaux nécessaires pour
« rendre la grotte accessible aux opéra-
« teurs. »

. . . .

« Cette proposition mise aux voix, est
« adoptée au scrutin secret, *par treize voix*
« *contre trois et une abstention.*

Vous n'avez donc pas commis un détournement de fonds, mais UN ESCAMOTAGE *des plus
audacieux* de tout le travail de la Commission
SCARGUEL. Et pourquoi ?

C'est que dans le rapport du 20 février 1879,
on lit parfaitement entre les lignes, quel est
le projet que va choisir cette Commission :
celui qui ne fait pas de GRANDS RÉSERVOIRS,
mais qui en fait un petit, non plus au fond de
la grotte, mais à Foix ; celui qui a prévu la
nécessité du filtrage de l'eau de Sainte-Hélène, quand elle est blanche, et qui s'est mis
en règle à ce sujet.

Voilà pourquoi il fallait une autre Commission.

Il la fallait donc, cette Commission, toute
frais émoulue, et la majorité du Conseil,
sans penser à mal le moins du monde, l'a
octroyée ; soit. Mais tout au moins les jus-
ticiables et taillables (non pas à merci) auront-

ils bien le droit de voir un peu son mode
de fonctionnement.

Le public savait que la commission vraie,
celle qui n'avait pas STATUÉ, après avoir
examiné les divers systèmes présentés par
les concurrents, s'était prononcée pour celui
de *Ste-Hélène*, mais prononcée condition-
nellement, en attendant ANALYSES ET JAU-
GEAGES NOUVEAUX.

Qu'a-t-on fait? On a organisé dans la grotte
un atelier de mineurs, qui en a rendu le
parcours relativement facile. Tout le monde
pensait que ces travaux avaient un but pra-
tiquement utile. On considérait la commission
du 18 juin comme remplaçant naturellement
celle qu'avait instituée la délibération du 17
mars 1879, et qui était chargée de présider
aux *nouveaux jaugeages* et d'aller prendre
au fond de la grotte l'eau destinée aux
NOUVELLES ANALYSES, soit à l'état de lim-
pidité, soit surtout *quand le ruisseau souterrain se* BLANCHIT *pendant plusieurs jours.*

Dans ces conditions, la dépense faite pour
les travaux en question était parfaitement
justifiée.

Un jaugeage a été fait le 18 août; débit
par minute, 526 litres.

Voilà une première opération de la Commission du 18 juin, considérée comme l'auxi-
liaire de la commission SCARGUEL. Et la suite

de la série d'expériences..? Néant à la requête..

INDISCRÉTIONS

Le *Journal de l'Ariège* n'avait pas encore publié la délibération du 18 juin. Entre temps, un membre de la commission *née à cette date mémorable*, eut un moment d'expansion ; qui n'a pas les siens ? et comme on dit vulgairement il ne vendit pas, mais *éventa* un bout de la *mêche* en laissant entendre *que l'affaire était réglée* depuis long-temps et qu'il y en avait assez comme cela *d'expériences*.

Mais les autres jaugeages.....? — A quoi bon.....? — Mais les autres analyses.....? — M. Garrigou en a fait une au mois d'avril ou mai ; il a trouvé l'eau de bonne qualité ; à preuve que des lentilles de Calais cuites à Toulouse avec cette eau, ont été d'un moelleux tel que celles *du goinfre Esaü* n'avaient rien de comparable. — Mais quand l'eau se *blanchit pendant plusieurs* jours...? —Chut...! Ce n'est pas dans la *consigne*.... C'est l'affaire de la commission.

Cette petite indiscrétion et quelques autres parvinrent jusqu'à l'un des concurrents, bon apôtre sans doute, mais qui ne rit pas à tout propos. Il adressa à M. le Maire une protestation motivée datée du 31 août. Pas de réponse...

Le 14 septembre, même *protestation* sous

forme d'*acte extra-judiciaire*, et le lende-
main, nouvelle lettre dans laquelle on si-
gnale itérativement le danger de faire tel
travail projeté dans la grotte, et l'on offre
de faire sur les lieux la démonstration de
ces dangers. — Toujours pas de réponse ; ce
n'était pas non plus sans doute la *consigne*
de répondre.....

Enfin, après quatre mois d'incubation,
on vit éclore le *grand œuvre* de la Commission du 18 juin. Il est copié fidèlement dans
la délibération du 22 octobre.

Cette délibération m'ayant été notifiée
avec proposition de vendre mes projets du Concours, amena de ma part,
d'abord une protestation motivée au-
près de M. le Préfet, et en second lieu la
lettre à M. le Maire de Foix déjà reproduite
en tête de ce compte-rendu (16 novembre).

M. le Préfet ayant communiqué à M. le
Maire de Foix mon mémoire, recevait
en réponse, à la date du 29 novembre,
une notice signée de M. Solères et rédigée,
au nom de qui ?... On ne le sait pas bien au
juste..... Au nom de la Commission du 18
juin...? Mais la contexture de l'écrit ne se
prête guère à cette interprétation; au nom
personnel de M. Solères...? Mais alors.....
à quel titre ?

Toujours est-il que M. le Préfet, avec l'esprit d'impartialité et de haute loyauté qui le caractérise, a cru devoir me communiquer la notice dont il s'agit, et cette communication a provoqué de ma part une réplique datée du 16 décembre.

PHILOSOPHIE DE L'HISTOIRE

Il serait trop long de reproduire *in-extenso* ma protestation primitive. L'analyse des principaux griefs classifiés dans ce mémoire par M. Solères, la réponse de ce dernier et la Réplique à cette réponse formeront la *Philosophie de l'Histoire* de cette étrange affaire.

Je vais d'abord prendre la parole, on comprendra pourquoi :

« M. Solères, en lisant mon mémoire du 16 « novembre dernier, a pris la peine de nu-« méroter mes griefs, pour pouvoir y répon-« dre avec plus de méthode. C'est une bonne « idée qu'il a eue là ; elle me permet de dis-« cuter à mon tour dans le même ordre les « justifications fournies par ce membre de la « Commission de M. le Maire de Foix.

« Seulement, M. Solères a commis une « petite inadvertance de classification ; il a « sans doute tourné à la fois les deux pre-« miers feuillets de mon mémoire, et n'a « commencé son numérotage qu'à la page 4. »

« Je dis *inadvertance*, car il m'en coûterait « de supposer que M. Solères ait voulu me

« faire la *malice* de supprimer tout ce que je
« dis avant son N° 1. »

« Comme je tiens précisément à conserver
« intacte la teneur de ma protestation du 16
« novembre, et pour ne pas changer les chiffres
« de M. Solères, je vais faire ce que l'on pra-
« tique dans certaines *industries* : je vais
« résumer sous le N° 0 les trois premières
« pages du mémoire en question. »

N° 0.

Ici je rappelle l'affiche du 20 septembre 1878, la délibération du 30 janvier
1879, le Rapport de la Commission légitime du Concours· (20 février) et la délibération du 17 mars 1879, votant 1,000
francs pour donner suite au dit Rapport. Puis,
je continue :

« Voilà ce qu'il y a dans le N° 0, et sur
« quoi M. Solères reste muet. Est-ce réelle-
« ment parce qu'il a tourné deux feuillets, ou
« serait-ce peut-être parce que c'est préci-
« sément en vertu de l'initiative de la Com-
« mission *Scarguel* que l'on a pu dépenser
« cette année dans la grotte environ sept cents
« francs de travaux d'appropriation ? Est-ce
« parce que ces travaux n'ont servi qu'à faire
« un simple jaugeage? Est-ce parce qu'on
« n'a pas jugé à propos de faire analyser l'eau
« *quand elle est blanche*, comme l'avait de-
« mandé si judicieusement la Commission

« *légitime ?*.....

« Si c'est pour tous ces motifs que M. So-
« lères a tourné les deux feuillets, c'est vrai-
« ment *regrettable.* »

« Je passe au N° 1, pour ne pas parodier
« ici la discussion de Florence, à propos du
« manuscrit de Longus et de la fameuse tache
« d'encre. »

N° 1.

Dans cet article, j'ai prétendu que la Commission du 18 juin était née à la suite de
manœuvres occultes pratiquées au sein du
Conseil municipal, dans un but plus ou moins
avouable.

M. Solères répond : « Il n'est pas à ma con-
« naissance que des démarches aient été faites
« par des membres du Conseil municipal au-
« près d'autres membres du même Conseil,
« pour amener cette assemblée à prendre une
« décision quelconque. »

J'ai répliqué : « Si M. Solères ignore
« que des manœuvres occultes aient amené
« la nomination de la nouvelle Commission,
« il est tout naturel qu'il ne reconnaisse pas
« l'existence de ces manœuvres. Mais ceci se
« rattache au N° 2.

N° 2.

Ce passage de mon mémoire se rapporte
à la nomination de la Commission du 18
juin et aux causes de cette nomination.

M. Solères a répondu : « A la date du 18
juin 1881, le Conseil municipal a nommé une
« *nouvelle Commission* pour examiner les
« projets présentés, par le *seul motif* qu'il
« *n'était pas possible* de réunir *l'ancienne*
« *Commission*. En effet, entre autres mem-
« bres, *l'ancienne Commission* se trouvait
« composée de M. *Déramond, Maire,* de M.
« Pacull, Ingénieur en chef des Ponts-et-
« Chaussées, de M, l'Ingénieur des mines et
« de M. Pelleport, sous-Ingénieur des Ponts-
« et-Chaussées. Or, M. Déramond est décédé
« et MM. Pacull, l'ingénieur des mines et
« Pelleport ont quitté le département. M.
« Pelleport se trouve d'ailleurs avoir été
« frappé de paralysie et il ne lui est dès lors
« guère plus possible de se livrer à un travail
« quelconque. »

Voici ma réplique : « On a nommé une
« nouvelle Commission par le *seul motif*
« dit M. Solères, qu'il *n'était plus possible de*
« *réunir l'ancienne.* Là dessus M. Solères se
« livre à une démonstration vraiment cap-
« tieuse à propos de *morts et de paralytiques.*
« Il oublie seulement que l'affiche ne dit pas :
« M. *Pacull,* M. *Déramond,* M. *Pelleport* ;
« mais qu'elle dit : *le Maire et ses adjoints,*
« *M. l'Ingénieur en chef, etc. Ce serait ici le*
« *cas de dire : le Roi est mort, vive le Roi.*

« Mais M. *Mercadier* n'est pas mort. Quelle

« raison plausible avait-on pour substituer
« à ce membre, dont les connaissances éten-
« dues et variées ne font l'objet d'un doute
« pour personne, M. *Baby,* dont je ne con-
« teste certainement pas le mérite spécial
« pour classer des cartons dans un bureau,
« mais qui finalement n'a jamais fait construi-
« re, dans toute sa carrière de conducteur,
« le plus modeste ponceau ?

« Mais M. *Scarguel* n'est pas mort, et M.
« *Scarguel* n'est pas seulement un *géomètre*
« érudit ; c'est encore un mécanicien des plus
« ingénieux, et M. Solères lui-même, dans son
« *for intérieur,* ne songe certainement pas
« avoir atteint au niveau du *bagage scientifi-
« que* de cet habile praticien. »

« Mais M. l'Ingénieur des mines n'est pas
« mort, et quoi de plus grotesque que de lui
« substituer un *employé secondaire, parent*
« ou *allié* de l'un des concurrents, et de plus
« malade, puisqu'en raison de sa santé il a
« dû solliciter une retraite proportionnelle ?

« Mais puisque les *morts* et les *paralytiques*
« sont si *complètement* étrangers à la question,
« quel a été le but franchement avouable de
« la délibération du 18 juin ?

La vérité vraie, la voici :

« 1° C'est que pour des raisons restées *oc-
« cultes* pour la *majorité du Conseil,* qui a
« agi, elle, de bonne foi, il fallait une nouvelle

« Commission ; *(Ce courant s'est produit de*
« *bas en haut) ;* »

« 2º C'est que la Commission Scarguel est
« loin d'être sympathique à certaine partie du
« Conseil municipal ; *(courant contraire)...* »

Nº 3.

Le troisième grief de mon mémoire porte sur
ce que l'un des membres de la Commission du
18 juin est allié à l'un des *concurrents* et
qu'un autre membre aurait collaboré au projet
de M. Delmas.

RÉPONSE DE M. SOLÈRES : « 1º Il est vrai
« que l'un des membres de la nouvelle Com-
« mission est allié à l'un des concurrents, M.
« Gadrat ;
(Puis vient un arbre généalogique).
« Mais le projet présenté par M. *Gadrat,*
« qui consistait à prendre les eaux de l'Ariège,
« a été écarté par la *Commission,* celle-ci
« n'ayant cru devoir retenir, pour les examiner,
« que les seuls projets qui ont pour objet de
« dériver la source Oisel *(Sainte-Hélène).* Or,
« ces derniers projets ont été présentés, l'un
« par M. Canard, l'autre par M. Delmas. »

« 2º *Je ne connais* aucun membre de la
« *Commission* qui ait *collaboré* au projet de
« M. Delmas.

RÉPLIQUE : « Puisque le travail de la *vraie*
« *Commission du Concours* était considéré
« comme non avenu, c'était une affaire à re-

« commencer. La *nouvelle Commission*, pour
« être logique, aurait dû considérer comme
« un devoir impérieux pour elle d'examiner,
« non seulement les deux projets de Sainte-
« Hélène, mais *tout le travail des concur-*
« *rents*. Donc, *en acceptant* ce mandat, le
« *membre allié* à l'un de ces *concurrents* n'a
« pas précisément mérité un prix de *délica-*
« *tesse* ni de *loyauté*. »

« 2° Si M. Solères *déclare formellement*
« qu'aucun membre de la *Commission* du 18
« juin n'a fourni à M. *Delmas* le *nivellement*
« de la ville de Foix, m'en rapportant à cette
« déclaration, je tiendrai comme inexacts les
« renseignements contraires que j'ai devers
« moi, et je ne dirai pas à M. *Solères* : »

« *Tu es ille Vir.* »

N° 4.

Je considère comme une question de convenance de ne livrer au public, au sujet du
quatrième grief, ni ce que j'ai dit dans
mon mémoire, ni la réponse de M. Solères, ni
ma réplique à cette réponse.

Si pourtant la commission nouvelle ou M.
Solères n'approuvait pas ma réserve sur
ce point, ample et prompte satisfaction serait
donnée.

N° 5.

Ici je me suis plaint de ce que la nouvelle
Commission a cru pouvoir, d'un trait de plume,

retenir seulement les deux projets de Sainte-Hélène et mettre complètement hors de cause, pour le résultat du Concours, tous les autres projets.

RÉPONSE DE M. SOLÈRES : « Les autres|projets « ont été *éliminés* par le motif que lorsque « l'on peut disposer d'une source abondante et « fournissant de l'eau d'excellente qualité, « que la dérivation en est facile et relative- « ment peu coûteuse, il est tout naturel que « l'on mette cette source à profit. »

RÉPLIQUE : « L'affiche dit : article 3, der- « nier § : »

« Cette Commission spéciale aura pour objet « de *classer par ordre de mérite* LES PROJETS « PRÉSENTÉS et de donner son avis motivé « *sur chacun d'eux.* »

« M. Solères dit : les autres projets ont été « éliminés, par le motif, etc... »

« Mais *éliminés...* par qui ? Est-ce par la « Commission du 18 juin ? Evidemment non, « car je lis dans son rapport primitif : »

« *Lors de notre première réunion, il a été* « *donné lecture du rapport de la Commission* « *que vous avez précédemment chargée de* « *faire connaître..., etc...* »

« *Cette Commission s'étant prononcée en* « *faveur de la source Oisel, nous n'avons* « *cru devoir retenir pour être examinés que* « *les deux projets qui dérivent cette source.* »

« Ce n'est donc pas la Commission Solères
« qui a *éliminé* ; elle s'est approprié, *comme*
« *article de foi*, le Rapport de la Commission
« *Garrigou*. Mais ce *rapport*, dans sa CON-
« CLUSION, contient des passages qu'il est bon
« de citer, dans l'intérêt de la moralité de
« la marche de cette affaire. »

« *Ses projets, qu'il a étudiés avec le plus*
« *grand soin*, (M. Canard) *sont variés* et
« MÉRITENT TOUTE LA CONFIANCE DE VOTRE
« ADMINISTRATION. »

« La Commission *Garrigou* n'a donc ÉLI-
« MINÉ AUCUN *de mes sept projets.* »

« La même Commission ajoute en termi-
« nant, pour recommander la dérivation de
« la source de *Sainte-Hélène* : »

« *Ce projet* permet de conduire l'eau par sa
« *pente naturelle* et son *relèvement à trente*
« *trois mètres* au-dessus du pont de la Pré-
« fecture, *dans un bassin* d'alimentation *d'où*
« *elle sera envoyée* dans toute la ville, sous
« une pression toujours uniforme et toujours
« avec la même fraîcheur. »

« Or, ces détails se rapportent précisément
« *à mon projet de Sainte-Hélène* et non point
« à celui de M. *Delmas.* »

« C'est donc une *mauvaise plaisanterie* que
« fait là M. *Solères*, en disant que les *autres*
« *projets* ont été ÉLIMINÉS DU CONCOURS. De
« quel droit peut-on *éliminer d'un Concours*

« un travail qui *mérite toute la confiance*
« de l'administration......? N'est-ce pas là du
« PARTI PRIS, et du plus *robuste*...?

N° 6.

A propos de la distribution de l'eau dans
l'intérieur de la ville, la protestation fait
remarquer avec quel esprit de *parti pris* la
Commission de M. le Maire a bien voulu
interpréter mon mémoire à l'appui de mes
projets du Concours.

RÉPONSE DE M. SOLÈRES : « M. Canard se
« plaint de n'avoir pas été compris, quand il
« dit dans son rapport qu'il convient de rac-
« corder la canalisation à faire avec la canali-
« sation existante. *La faute en est toute à lui*;
« il aurait dû expliquer suffisamment sa pensée.

« RÉPLIQUE : « Je ne me suis pas plaint de
« *n'avoir pas été compris* en disant qu'il fal-
« lait combiner, raccorder la *nouvelle* distri-
« bution avec *l'ancienne*, pour éviter des
« *doubles emplois*. J'ai fait plus que cela. Je
« me suis plaint d'une MALICE DE MAUVAIS
« ALOI qu'à voulu me faire la Commission
« *Solères*, en insinuant que ce *raccordement*
« cette *combinaison* des deux systèmes im-
« pliquait le *mélange des deux eaux*. Je
« me plains de plus fort de cette malice et je
« dis que le *tant pis pour lui* lancé dans le N° 6
« de M. Solères passe les bornes de la *plus*

« *mauvaise plaisanterie. Je* n'en dis pas da-
« vantage, *pour le moment,* sur cet objet. »

Nº 7.

RÉSERVOIR DU FOND DE LA GROTTE

La protestation de M. Canard rappelle,
compare et discute la *grande exclamation*
contenue dans le Rapport primitif de la *Commission neuve* :

« *Ainsi que le dit M. Delmas , sans réservoir... point de salut.* Cette sentence de la
Commission de M. le Maire constitue L'ŒUVRE
MAGISTRALE de cette assemblée.... C'est le
Nœud gordien d'Alexandre ; c'est le *Point
d'appui* d'Archimède; c'est le *Nunc dimittis...*
du vieux Siméon ; c'est le *Peloton* d'Ariane;
c'est le *Combat* sous les orangers des Hespéri-
des ; c'est le *Grrrand Manitou...*

Le jeu des quatre bondes de M. Delmas
enlève le Rapporteur jusqu'au quatrième Ciel;
il donne au Conseil une répétition de la manœuvre de ces bondes. On se dirait vraiment au fond de la Grotte.... rien qu'à lire
cette féerique description.... Mais hélas ! le
feu de l'inspiration est si intense , que le
Démonstrateur a oublié.... d'éclairer sa lan-
terne....

RÉPONSE DE M. SOLÈRES : « *M. Canard
« conteste l'utilité d'un Réservoir; cela n'est*

« *vraiment pas sérieux. Sans Réservoir, l'on*
« *ne peut amener à Foix, que l'eau habitu-*
« *ellement fournie par la source ; soit 8 litres,*
« *08 par seconde, pendant toute la durée des*
« *basses eaux. Ne peut-il donc pas arriver*
« *qu'il se produise des incendies et qu'alors*
« *un plus grand débit soit nécessaire ? N'a-*
« *t-on pas besoin, d'un autre côté, à l'épo-*
« *que des grandes chaleurs surtout, d'avoir*
« *une réserve d'eau pour procéder au lavage*
« *des rues ? — La source Oisel est sans doute*
« *abondante ; mais elle ne l'est pas assez pour*
« *satisfaire aux besoins qui peuvent se pro-*
« *duire dans bien des cas. Au moyen du*
« *Réservoir projeté par M. Delmas, l'on peut,*
« *à un moment donné, avoir un débit de 33*
« *litres par seconde.* »

RÉPLIQUE : « Ici, je suis obligé de me
raviser. Quand j'ai écrit mon N° 0, je n'a-
vais pas lu encore la déclaration solennelle
inspirée par un sentiment de pitié en tête de
la *Réponse* ci-dessus. Je suis maintenant
bien tenté de croire que c'est intentionnel-
lement que M. Solères a tourné à la fois les
deux premiers feuillets de ma protestation
(N° 0). C'est que dans ce N° 0, il est question
d'une Commission qui disait : »

« ELLE *(L'eau de source)* N'A PAS BESOIN
DE GRANDS RÉSERVOIRS, *si son débit est constant et s'il suffit aux besoins de la population.*

C'est que cette Commission savait que j'avais
projeté un petit réservoir, non pas au fond
de la Grotte, mais dans la masse du Rocher
de Foix, et que j'avais justifié l'utilité de cet
appareil. C'est que cette Commission n'était
pas flanquée de *Bureaucrates* et d'*Employés*
secondaires, mais de vrais Mécaniciens et de
Géomètres *de bonne marque ;* mais d'un
Ingénieur des Mines, compétent, celui-là, et
ne dédaignant pas d'aller examiner dans la
Grotte ce qui en est de *l'imprudence ou du
danger* trois fois signalé, au sujet du Réservoir de M. Delmas. C'est que dans ce fatal
N° 0, l'on voit trop clairement que *M. Canard*
n'est pas le seul qui conteste l'utilité d'un
Grand Réservoir, et surtout au fond d'une
Grotte, à 450 mètres dans l'intérieur de la
montagne, à 1360 mètres du *Clocher de Foix.*
C'est que la lecture des deux feuillets ne per-
mettait plus à M. Solères d'agrémenter sa
discussion de *canicules intolérables* et *d'ar-
rosages périodiques,* qui doivent s'opérer par
le simple effet magique de la 4e bonde de M.
Delmas. Et pour tout cela, que faut-il ? — Rien
qu'un simple pèlerinage à Sainte-Hélène, des
agents municipaux, qui doivent jouir à tour
de rôle de cette promenade souterraine. »

« Mais si M. Solères, qui a voulu me faire
si malicieusement mêler les deux eaux, veut
bien descendre des régions nébuleuses où il

s'embrouille quelque peu *dans les bondes*, nous examinerons ici terre à terre le *système à grand effet*. — Pour *canicules*, pour *incendies*, et surtout pour le *baptême* de quelque nouveau rejeton de Gaston Phœbus, on peut avoir besoin sans doute du *déluge* de 33 litres indiqué ci-dessus. Supposons que ce soit la *deuxième bonde* qui doive produire cette *inondation* de commande. M. Solères a-t-il examiné si la canalisation de M. Delmas est capable de recevoir et de conduire à Foix les 33 litres en question? Si OUI, les *huit litres* d'étiage feront vraiment piètre mine dans ces tuyaux... Et la dépense? — Si NON, il est bien à craindre que la *mise en scène* ne perde quelque peu de son PRESTIGE... »

« D'un autre côté, le service des *pélerinages* à Saint-Hélène pourrait bien entraîner quelque difficulté. En attendant qu'on puisse appliquer l'électricité à la manœuvre de la *bonde* inondatrice, il faudra un piéton *point asthmatique*, car il s'agit de gravir une rampe de 60 0/0, et en pleine obscurité. M. Solères et sa Commission ont-ils tenu compte du salaire de ce piéton? — Cependant l'une des principales raisons que l'on fait valoir contre les divers systèmes d'approvisionnement d'eau par machines, c'est l'obligation d'avoir un *gardien*. Sous une autre forme, ne tombe-t-on pas dans le même inconvénient pour le service *Bondes sacrées?* »

« Et puis encore, dans les circonstances possibles où un bloc se détachera du flanc du Saint-Sauveur, il peut bien briser quelques tuyaux du côté de la Karane. Quelle *bonde* fera jouer M. Solères pendant la réparation ? La Commission de M. le Maire a-t-elle réfléchi à tout cela ? Si tant on voulait un grand réservoir, ce n'est donc pas au fond de la Grotte de Saint-Hélène qu'il faudrait l'établir, mais du côté de Foix. Là du moins l'emmagasinement d'eau serait chose sûrement acquise et toujours à portée, et c'est pour cette raison que la *Commission légitime du Concours*, et plus tard la Commission Garrigou, avaient fait quelque cas du petit réservoir que j'ai projeté dans le Rocher de Foix, et que la commune pourrait agrandir ultérieurement. »

N° 8.

Encore le Réservoir ; mais au point de vue des difficultés matérielles d'exécution, de la dépense imprévue résultant d'éboulements provoqués justement par ce travail, et surtout au point de vue du *danger* pour les ouvriers préposés à son exécution.

RÉPONSE DE M. SOLÈRES : *« Il faut suppo-*
« ser que l'architecte chargé de la direction
« des travaux connaîtra son métier ; qu'il
« prendra toutes les précautions commandées
« par les circonstances et qu'il n'arrivera rien
« de fâcheux. »

Réplique : « Voilà qui coupe court à tout.

Il faut supposer... Mais supposer n'est pas répondre, mon bon Monsieur Solères ! On vous dit que telle partie d'une montagne menace, et vous ne voulez pas aller y voir, et vous allez, sans autre souci, en saper la base, laissant à l'architecte directeur des travaux le soin, de quoi faire... ? de la soutenir sur ses épaules ? »

« *Tanta ne animis.... Relatoribus... nequitiœ* ! »

« Les dangers signalés et méconnus par la Commission Solères sont de deux sortes :

Un cube minimum d'éboulements et une dépense correspondante de 29,000 francs d'un côté ; et de l'autre, des ouvriers *victimes* de *l'impéritie* d'une *Commission*. »

« Le premier point se réduit à une question financière. Qui payera ?... C'est à la Commune à le savoir. »

« Mais pour le second point, celui de la sécurité des ouvriers, dont on veut faire si bon marché, il faut qu'il y ait une responsabilité sérieuse, répartie sur qui de droit.

« A ces causes, un exemplaire de la présente discussion, quand elle sera complète, sera déposé au Parquet, et c'est là qu'on trouvera des renseignements utiles, quand les malheurs seront arrivés, si l'on persiste dans l'étrange et aveugle obstination que l'on connaît.

N° 9.

La Commission, reprenant le projet de M. Delmas, énumère, suivant ce travail, les avantages des tuyaux de béton de ciment sur les autres tuyaux, et notamment sur les tuyaux de fonte.

Les motifs de la préférence donnée aux tuyaux de béton, sont généralement ceux qui se trouvent dans les *Prospectus* des maisons de construction ou de fabrication de ce genre de tuyaux.

La Commission n'a rien discuté de tout cela ; elle s'est bornée à dire que, après tout, avant de faire usage des tuyaux de *béton*, il convient de s'assurer *que l'expérience leur a été complètement favorable*, dans les localités où ces tuyaux ont été employés, ce qui revient à ceci :

« Nous ne savons pas au juste si M. Delmas
« a eu tort ou raison d'employer les tuyaux
« de béton aggloméré. Mais attendez : Nous
« prendrons, en temps opportun, des infor-
« mations sur les avantages et les incon-
« vénients des tuyaux en question. Choisissez,
« en attendant, le projet de M. Delmas, et
« nous verrons plus tard ce que nous avons
« à faire.

RÉPONSE DE M. SOLÈRES : « La Commission
« SAIT qu'il a été fait de nombreux emplois de
« tuyaux de ciment pour des canalisations. »

« Les eaux de la *Vanne* sont amenées à
« Paris par une galerie qui traverse los dé-
« partements de l'Aube, de l'Yonne, de
« Seine-et-Marne, de Seine-et-Oise et de la
« Seine. Les conduites, qui ont un diamètre
« intérieur de 2ᵐ 14, et dont l'épaisseur des
« parois n'est que de 0ᵐ 28 au niveau du
« centre et de 0ᵐ 20 au radier et à la clef,
« sont faites en maçonnerie de *pierrailles*
« et de *ciment.* »

« La *Dhuis*, petit cours d'eau qui se jette
« dans un affluent de la *Marne*, est égale-
« ment dirigé sur Paris au moyen d'une
« conduite en maçonnerie de *meulière* et de
« *ciment.* »

« Ces deux conduites présentent chacune
« un développement de plus de 100 kilomè-
« mètres. »

« Néanmoins, la Commission a cru SAGE
« d'exprimer l'avis qu'avant d'employer les
« tuyaux de béton de ciment, pour la cana-
« lisation à faire à Foix, il convenait de
« prendre des renseignements sur les avan-
« tages et les inconvénients de ce genre de
« tuyaux. »

RÉPLIQUE DE M. CANARD : « La Commission SAIT... Heureuse Commission...! Car tout
le monde ne *sait* pas... Elle SAIT que la
Vanne est conduite à *Paris* à travers cinq
départements, même *à travers celui de la*

Seine... Elle sait que la *Dhuis* se jette *dans un affluent de la Marne...* et que tout de même on la force bien à se rendre à Paris, dans un lit de *meulière* et de *ciment...!* Mais César lui-même ne *savait* pas toutes ces belles choses... Je lisais l'autre jour ses *Commentaires*, et, Dieu me pardonne, je crois qu'il n'en dit pas un mot... C'était pourtant un retors, celui-là... Mais il n'avait sans doute pas encore reçu les *Prospectus* de la *Porte de France.* »

« La *Commission Solères* est donc supérieure à César, soit. Elle *savait* que la Dhuis est indirectement... *en quelque sorte...* une tributaire de la Marne... Toutefois elle a cru SAGE, avant d'employer à Foix les tuyaux de ciment, de demander des renseignements à propos de ces tuyaux. »

« La Commission neuve a reçu *le don de* sagesse.., *spiritus sapientiæ...* Voyons l'usage qu'elle en a fait : »

« Venue au monde le 18 juin, elle donne sa *Charte* le 22 octobre... Pendant ces quatre mois, a-t-elle demandé les renseignements dont son *saint Esprit* lui inspirait la nécessité?... — Quelle presse y avait-il? — Cependant elle se trouvait en face d'un Concours public, et dans un Concours public, le moindre détail du travail des concurrents doit entrer pour sa part dans la résultante générale. Quel souci la Commission Solères a-t-elle eu à ce sujet de ses *devoirs impérieux* et des droits des concurrents, qui devaient être pour elle *chose sacrée ?* »

« DEMANDER des renseignements, prendre toute espèce de précautions, et suspendre, en attendant, son jugement, voilà la *sagesse.* »

« PROMETTRE des renseignements.... *in tempore opportuno...* et trancher en attendant une question aussi grave que celle qui nous occupe, voilà... comment dirai-je...? Le bout de l'oreille est si long...!

N° 10.

Le rapport de la Commission Solères enregistre, sans la discuter, la nomenclature des avantages des tuyaux de béton sur les tuyaux de fonte, d'après le travail de M. Delmas. Parmi les motifs de préférence donnés par ce concurrent, il en est un qui a une importance capitale : C'est l'oxydation des tuyaux de fonte et la formation de tubercules ferrugineux, qui doivent fatalement obstruer la section libre des conduites.

Si M. Delmas est dans le vrai, le projet de M. Canard, qui emploie des conduites en fonte, est foncièrement mauvais. Pourquoi la Commission nouvelle n'a-t-elle pas jugé à propos d'élucider cette grave question, alors surtout qu'elle pourra être amenée à prendre les tuyaux de fonte, si les renseignements si sournoisement ajournés ne sont pas favorables au ciment ?

RÉPONSE DE M. SOLÈRES : « *M. Canard* « *prétend que les tuyaux en fonte de fer em-* « *ployés pour la dérivation de la source* « *Oisel _ne s'oxyderont pas. Je ne puis que* « *partager son avis à cet égard.* »

« *Je ferai remarquer toutefois que la Com-* « *mission* N'A PAS DIT *que l'oxydation serait* « *à craindre.* »

RÉPLIQUE : « Mille remerciments à M. Solères, de vouloir bien cette fois partager mon avis. Mais... *Timeo Danaos...* Cet aveu de M. Solères arrive un peu tard. En livrant son rapport au Conseil municipal, la *Commission neuve* a bien et dument laissé les *tuyaux de fonte*, qui n'en peuvent mais, sous le coup des *imputations calomnieuses* dirigées contre eux par M. Delmas et par les *Prospectus* de la Porte de France. Nous reviendrons plus tard sur cette SAGE précaution de la Commission Solères, qui à eu le soin DE NE PAS DIRE que les tuyaux de fonte s'oxyderont avec l'eau de Sainte-Hélène. »

« Comme une rosée fécondante vient charmer le repos du voyageur dans les Oasis du Sahara, ainsi le.... *spiritus sapientiœ....* emplette de la dernière Pentecôte, s'est répandu avec effusion sur la *Commission neuve...*

Si elle commence par NE PAS DIRE que les tuyaux de fonte *s'oxyderont* avec l'eau de Sainte-Hélène, *elle n'en pense pas moins*, et l'on verra prochainement quel prix inestimable elle attache à son silence actuel.

N°s 11 et 12.

Ici nous croyons bien faire, dans l'intérêt de la vérité, de reproduire textuellement la protestation de M. Canard, au lieu de l'analyser, comme nous l'avons fait précédemment.

« J'arrive à la fin du Rapport de la Commission et cette fin me retiendra encore un instant, Monsieur le Préfet, par les choses qui s'y rattachent. *(In cauda venenum.)*

« M. Canard, dit la Commission, a fait un « travail fort remarquable... »

« Cette entrée en matière est assez bien imaginée pour me dorer la pilule... Mais..., *Timeo Danaos*... ! La Commission continue : »

« Malheureusement, le réseau de distribu- « tion, *dans l'intérieur de la ville*, n'y figure « pas. »

« Il n'est pas non plus question du BASSIN « destiné à contenir une réserve d'eau, pour « les éventualités qui peuvent se produire. »

« On ne peut pas dès lors *connaître la dé- « pense* à laquelle s'élèverait le projet com- « plet. »

« J'ai dit plus haut, Monsieur le Préfet, ce qui en est du réseau de distribution, au sujet duquel je semble avoir si grandement péché; mais je ne vous ai pas fait remarquer que la Commission elle-même atténue considérablement la *portée sérieuse* de cette distribution, puisque, *quand il s'agit de M. Delmas*, il lui échappe cette observation : »

« *On comprend aisément que le nombre et* « *l'emplacement des bouches n'ont pu être* « *fixés que très-approximativement. Il appar-* « *tiendra à l'administration municipale* « *d'apporter au travail produit toutes les* « *modifications qu'elle jugera utiles à cet* « *égard.* »

« Voilà donc, Monsieur le Préfet, une distribution déclarée parfaite pour les besoins d'une cause particulière, mais qui néanmoins est susceptible, dit-on, de toute espèce de modifications. »

« Je reviens, puisque la Commission m'y ramène, au bassin réservoir : »

« J'ai dit plus haut que le bassin en question entraînerait, *au minimum,* un cube d'éboulements de............ 1.284 m.

Le déblai du bassin lui-même serait de.................. 1.872 m.

———————

Ensemble.......... 3.156 m.

A loger dans les anfractuosités,

au plus...................... 1.000 m.

Le reste, soit............... 2.156 m.

devra être enlevé et transporté au dehors de la grottte. »

« DÉPENSE : »

1.000 m. logés dans la grotte à 10 fr......................... 10.000 00

2.156 à expulser au dehors, à 15 francs...................... 32.340 00

Ciment *(Projet Delmas)*...... 2.864 00

Balustrade en fer............ 1.071 00

Ensemble.......... 46.275 00

Porté an projet de M. Delmas.. 17.039 00

Déficit minimum.... 29.236 00

« Voilà le résultat, et c'est un minimum. Peut-on dire maintenant que l'on sait à combien s'élèvera le *projet complet* de M. Delmas ? »

« Et si de plus on vient à substituer les tuyaux de fonte aux conduites en bêton, pourra-t-on dire que l'on connaît le coût du projet Delmas ? »

RÉPONSE DE M. SOLÈRES : « Nº 11. *Le tra-* « *vail de distribution présenté par M. Delmas* « *est complet. Cela n'empêche pas que la mu-* « *nicipalité puisse, si elle le juge nécessaire,* « *apporter des modifications à ce travail, en* « *ce qui concerne les emplacements des bou-*

« ches d'eau. Ces modifications ne sauraient
« d'ailleurs donner lieu à une augmentation
« sensible de la dépense prévue. »

Réplique pour le N° 11 : « On connaît mon
caractère pacifique ; mais si M. Solères continue, je crains bien qu'il ne me rende rancu-
neux, ce qui serait vraiment dommage. Le
symptôme principal qui m'inspire cette crainte
me reporte invinciblement sur le *fatal N° 0*,
et sur la *Commission légitime*, celle QUI
N'AVAIT PAS STATUÉ. »

« Le N° 0 ramenait *fatalement* M. Solères
vers la *fatale* Commission qui avait dit : »

« *D'après ces divers projets, la distribution*
« *dans les rues, après que l'eau* A ÉTÉ AMENÉE
« DANS UN RÉSERVOIR, NE DIFFÈRE *guère que*
« *par les détails, qui seront plus tard l'objet*
« *d'un sérieux examen.* »

« Mais c'est que ce N° 0 est vraiment *accu-*
sateur pour la Commission neuve, qui a dit
que la distribution en ville faisait absolument
défaut dans mon projet de Sainte-Hélène. »

« Mais c'est que la Commission réelle avait
vu que toutes mesures étaient prises *par moi*
pour amener instantanément *dans un quar-*
tier quelconque de la ville, TOUTE L'EAU *de la*
dérivation, soit 800 litres par minute, et cela,
sans le secours d'aucune espèce de bonde
sacrée, et par le seul fonctionnement de mon
réseau, de distributeurs principaux ;

« Mais c'est que la Commission vraie avait
vu que, avec mon système de branchements
secondaires, j'avais pourvu aux besoins de
tous les quartiers de la ville actuellement pri-
vés d'eau, soit 2,165 mètres courants de tuyaux
alimentant dix-sept fontaines nouvelles ; de
telle sorte que je n'avais *ajourné* dans mon
réseau que les petits branchements de détail,
qui pourraient faire double emploi avec les
branchements actuels correspondants, (les
vaisseaux capillaires de la grande circula-
tion). »

« Mais c'est que toutes les constatations de la
Commission *légitime* sont réellement accusa-
trices pour une Commission qui s'est donné
la marotte de trouver mon travail défectueux.

« Voilà le grand mystère des deux feuillets
« tournés à la fois dans ma protestation du 16
« novembre. »

RÉPONSE DE M. SOLÈRES AU N° 12. « *M. Ca-*
« *nard estime que les travaux projetés dans la*
« *Grotte par M. Delmas dépasseront de 29,235*
« *francs le chiffre prévu. Il n'est pas difficile,*
« *en faisant ébouler 1,284 mètres de maté-*
« *riaux, et en appliquant des prix élevés, de*
« *trouver des augmentations de dépenee. Mais*
« *il y a lieu de remarquer que M. Delmas a*
« *déclaré dans son rapport, être prêt à pren-*
« *dre l'engagement de faire exécuter le projet*
« *à ses risques et périls et à forfait, pour la*

« *somme fixe inscrite au devis. D'ailleurs,*
« (NAÏVETÉ). *Si l'on mettait les travaux en*
« *adjudication et que l'on ne trouvât pas*
« *d'entrepreneurs, par le motif que les prix*
« *appliqués seraient insuffisants,* ON SERAIT
« TOUJOURS A TEMPS A REVISER LE PROJET *sous*
« *ce rapport.* »

PÉPLIQUE : « Mais encore une fois, mon bon
monsieur Solères, ce n'est pas moi qui fais
ébouler les 1,284 mètres cubes de roche. J'ai
dit sur tous les tons de la gamme que ce sont
les travaux projetés par M. Delmas qui provo-
queront ces éboulements *minimum.* J'ai dit que
là n'est pas le seul malheur à redouter ; qu'il
y a encore dans ces travaux un danger immi-
nent pour les ouvriers ; j'ai dit et je répète ici
que votre Commission, en refusant d'aller vérifier mes assertions, *a fui devant le plus
sacré de ses devoirs.* « Je suis loin d'être
infaillible, et je n'aspire certainement pas à
la Tiare; mais convenez cependant que je
peux avoir quelque expérience des travaux et
des dangers qu'ils peuvent présenter dans
certains cas. Soit impéritie, soit mauvais vouloir, la Commission a méconnu mes avis ; jus-
ques là c'est bien. Mais supposons, que les travaux que l'on sait soient réellement entrepris
et que les accidents dont vous étiez prévenus
se réalisent. Outre les ouvriers directement
exposés aux suites de votre coupable impru-

dence, il peut s'en trouver un certain nombre au-delà de l'éboulement que vous aurez provoqué. Savez-vous bien s'il vous sera possible de les délivrer en temps utile, ou si l'affreuse prison par vous improvisée ne deviendra pas leur tombeau...? Et vous n'avez pas voulu examiner ces tristes choses...!

« Qui sera donc responsable...? — Ce n'est pas l'auteur du projet.... Il n'a passé dans la Grotte que quelques heures, et les dessins officieux qu'il a reçus étaient insuffisants... Et puis, il n'a pas eu connaissance des *avis* auxquels vous avez fait la sourde oreille. »

« Avez-vous lu les projets? — Si vous ne les avez pas lus, vous avez *essentiellement* manqué à vos devoirs. — Si vous les avez lus, l'art. 20 de mon devis de Sainte-Hélène vous dit ceci : »

« *Enlèvement de blocs menaçant ruine sur*
« *divers points de la voûte de la Grotte, tra-*
« *vail évalué sur les lieux à....   1000 fr.* »

« Et, à côté de cet article 20, une observation qui vous dit *que ce travail spécial ne pourra être confié qu'à des ouvriers de choix, et que pour les points où la voûte se montre trop menaçante,* au lieu d'ABATTRE il faudra CONSOLIDER. »

« Et mes trois lettres successives, quel cas en avez-vous fait ? »

« Quoi, **vous** allez projeter une sape de

cinq mètres de large, justement sous cette voûte que je me résigne à consolider parce que je n'ose la faire tomber...? — Mais vous êtes de Foix, Messieurs, et vous avez dû savoir que j'ai passé plusieurs jours dans la Grotte (*neuf journées bien pleines*) et ce n'était pas sans doute à titre de récréation... et vous ne lisez pas, ou vous foulez aux pieds les observations que j'y ai recueillies? »

« Mais, dites-vous, qu'est-ce que tout cela peut faire à la Commission? M. Delmas se charge des travaux, *à forfait, pour une somme fixe.* — Oui, M. Delmas se charge des travaux qu'il a pu prévoir ; mais il restera peut être quelque porte ouverte *aux cas de force majeure,* et ce genre de portes donne souvent passage à des courants malsains pour les administrations. »

« Après tout, dites-vous encore, qu'est-ce qui empêchera d'augmenter les prix de M. Delmas, si les entrepreneurs font défaut ? — Et certes non, rien n'empêchera d'augmenter les prix ; mais alors vous ne pouvez pas dire que vous connaissez le coût du projet de M. Delmas. »

Nᵒˢ 13 et 14.

Ces deux derniers numéros de la protestation, ont trait à la nécessité du filtrage de l'eau de Sainte-Hélène, avant de l'introduire dans la canalisation.

Cette question a été déjà traitée au débnt de cet examen. Bornons nous à la résumer:

« *La Commission, dit M. Solères, n'a pas* « *pensé que le filtrage de l'eau de Sainte-* « *Hélène fût absolument indispensable. Les* « *eaux de Sainte-Hélène ne sont jamais à* « *vrai dire troubles. Après de longues pluies,* « *elles deviennent seulement blanchâtres.* « *Elles se débarrasseront* EN QUELQUE SORTE, « *dans le réservoir, des matières les plus den-* « *ses. Les robinets de déchrrge feront le* « *reste...* »

RÉPLIQUE : « L'eau de Sainte-Hélène se blanchit quelquejois pendant plusieurs jours. La Commission qui SAIT comment on arrive à Paris, aurait dû surtout SAVOIR cela, et s'en préoccuper tout autrement qu'elle ne l'a fait. »

« La Commission légitime du Concours, celle-là qui N'AVAIT PAS STATUÉ, vous avait recommandé de faire analyser l'eau, *princi-palement* quand *elle est blanche.* Pourquoi avez-vous si *prudemment* évité ces analyses ?

« Je l'ai dit, et je le répète, sans le filtrage de l'eau de Sainte-Hélène, malgré vos robinets de décharge et vos *bondes sacrées,* les tuyaux s'obstrueront et vous n'aurez à cela d'autre remède que de relever la canalisation et d'établir le bassin filtrant, que votre consigne vous a fait rejeter aujourd'hui. »

« Faites donc analyser l'eau quand elle est

blanche, et si le cœur vous en dit, nous re-
prendrons ensnite cette discussion. »

RÉSUMÉ ET CONCLUSION

Recueillons-nous un instant, Messieurs de la
Commission nouvelle, et tâchons de résumer
nos faits et gestes :

Un *Concours* est ouvert en 1878 ; il est clos
le 20 février 1879.

Une Commission *régulièrement* nommée
examine tous les projets et *motive* sa préférence pour l'eau de Sainte-Hélène, si son débit est suffisant et si *des analyses, faites pendant que l'eau* est blanche, sont favorables à
cette source.

Le 17 mars, vote par le Conseil, des fonds
nécessaires pour les analyses et les jaugeages
demandés.

Ce vote a lieu à *l'unanimité*, moins *trois
voix* et *une abstention*. — Appelons ces trois
voix et cette abstention *élément* A, ou plûtôt,
parlant comme les chimistes, *atome* A.

Certaines menées sourdes se produisent, et
la question des eaux, si résolument entreprise
d'abord, est ajournée.

Nouvelle municipalité ; ardente reprise de
l'affaire, analyse de l'eau, *mais non pas
quand elle est blanche*. Commission spéciale
chargée d'examiner la question. Conférence
publique ; beaucoup d'éloges d'un côté ; figu-

res allongées de l'autre. Opinion publique franchement tournée vers celui qui avait été complimenté.

Mais, élément ou atome B, parmi les Ediles. Or, atome A et *élément* ou atome B, sont connexes, à quelques détails mimiques près. (Nous pourrions faire à ce sujet, Messieurs, un chapitre intéressant).

Tant y a que, atome A (défunt), plus atome B vivant (les extrèmes se touchent) produisent un courant électro-chimique de bas en haut.

Il y avait aussi, vers le sommet de la montagne municipale, un atome C, électrisé d'une certaine façon.

Or, l'ancienne Commission du Concours, celle qui attend avec une vive impatience *l'analyse de l'eau de Sainte-Hélène quand elle est blanche*, n'avait pas réfléchi au *pouvoir des pointes.* Qu'arriva-t-il? C'est qu'un jour, vers la Saint-Jean, le courant (A plus B) se combinant avec le courant C, il se produisit un courant oblique dirigé contre la Commission TROP CURIEUSE. Ayant eu l'imprudence de sortir ce jour-là avec un *chapeau pointu*, elle reçut l'étincelle et demeura foudroyée. On sentit une forte odeur de soufre, et une seconde étincelle fit entendre ces simples mots : PAS STATUÉ...

Vous savez le reste, Messieurs. Une nou-

velle Commission fut acclamée. Elle ne vint
pas au monde comme un nouveau né ; elle
existait en *germe* depuis la semaine après
l'Ascension, et le jour de la Pentecôte, dans
un silence religieux, elle avait entonné son...
Veni, Créator...

Inspirée comme elle l'était, quatre petits
mois ont suffi à la Commission neuve, pour
élaborer son GRND ŒUVRE, qui a été lu à toute
l'Edilité le 22 octobre.

L'un des intéressés, qui avait déjà fait quelques boutades, se fâcha un peu plus fort, tout
bon diable qu'il est. Il ecrivit, vous savez où,
Messieurs. Ses plaintes vous parvinrent, et
vous invoquâtes votre... *Spiritus sapientiæ*...
Après vous avoir laissé quelques jours tourner
autour du pot ; il vous a montré sa face divine
et vous a dit :

« Il y a bien du pour et du contre dans votre
« affaire, mes Enfants. Ce n'est pas l'esprit de
« lumière que vous m'avez demandé, ça, c'est
« vrai, et vous avez assez bien réussi à obs-
« curcir certains points de votre sujet. La
« manœuvre des *bondes sacrées*, m'a comblé
« de satisfaction. On vous parle de nature
« de tuyaux, avec balivernes physico-chimi-
« ques ; vous répondez adroitement en mon-
« trant, *ex-professo*, comment la Vanne et la
« Dhuis voyagent dans la même direction
« sans se quereller, et par quel département

« elles entrent dans Paris. Vous m'avez
« également réjoui par votre moyen de
« remplacer *en quelque sorte*, un filtre par
« un grand chaudron. Vous avez le talent
« de *supposer*, pour éviter des discussions
« ennuyeuses ; ceci, c'est fin, et point com-
« promettant : Il y a encore un point qui
« me charme, par le *vague profond* où vous
« l'avez sournoisement laissé, c'est celui du
« choix de la matière, pour les tuyaux ; en
« effet, si l'entrepreneur est un *maçon*, vite
« aux tuyaux de ciment ; vous avez tout prêt
« l'exemple de la Dhuis. Si c'est un *artisan*
« *en métaux*, prenez-moi les tuyaux de *fonte* ;
« ils ne s'oxyderont pas, vous pouvez m'en
« croire. Vous n'avez fait d'ailleurs que *pro-
« mettre* des renseignments. Et quand ce serait
« même un *Verrier*, vous êtes en mesure de
« recommander les tuyaux de cristal... »

« Là où vous prêtez un peu le flanc. par
« exemple, mes bons amis, c'est dans la ques-
« tion d'obstruction des tuyaux, par défaut de
« filtre. Vos *en quelque sorte* sont bien une
« ressource, mais pas suffisante pour em-
« pêcher le public d'y voir clair. Vous auriez
« peut-être mieux fait de *promettre* une ex-
« plication quelconque. Qu'est-ce que cela
« vous fait, pourvu qu'on choisisse le projet
« que vous préférez ? Et puis, autant d'heu-
« res, autant de remèdes... »

« Enfin, mes enfants, il reste encore un
« *bloc enfariné qui ne me dit rien qui vaille.*
« Je veux parler du Réservoir de la Grotte.
« Il est question de brochure a déposer en
« haut lieu..... Maintenant que vous vous
« êtes tant avancés, vous ne pouvez pas recu-
« ler. En tout cas, n'allez pas dans la grotte
« pendant les travaux, et si malheur arrive,
« dites toujours que c'est la maladresse de
« l'Entrepreneur... »

« Vous aviez bien un moyen de vous tirer
« d'affaire : il fallait PROMETTRE d'étudier le
« bassin AU TROU DES ÉCHELLES. C'est un
« peu bas, mais on pourrait relever l'eau au
« moyen d'un appareil rotatif. On en fait au-
« jourd'hui qui ne coûtent presque rien.

« Revenez-moi le 28 mai. J'ai dit. »

Je ne m'ennuierais pas avec vous, Messieurs, mais d'autres occupations vont absor-
ber pour quelques jours mes moments libres.

Je ne vous dis pas Adieu, ô sage Commission neuve, ma Mie, mais au revoir; car nous
aurons à faire œuvre sur d'autres scènes. En
attendant,... IN PACE REQUIESCAS..., et que
l'opinion publique vous soit légère...! AMEN.

Foix , imprimerie Barthe.